김소월 시집

김소월 시집

김소월 지음

밀리언셀러
million seller

목차

1. 님에게

3. 진달래꽃

4. 엄마야 누나야

님에게

먼 후일

먼 훗날 당신이 찾으시면
그때에 내 말이 『잊었노라』

당신이 속으로 나무라면
『무척 그리다가 잊었노라』

그래도 당신이 나무라면
『믿기지 않아서 잊었노라』

오늘도 어제도 아니 잊고
먼 훗날 그때에 『잊었노라』

풀 따기

우리 집 뒷산에는 풀이 푸르고
숲 사이의 시냇물, 모래 바닥은
파아란 풀 그림자, 떠서 흘러요.

그리운 우리 님은 어디 계신고
날마다 피어나는 우리 님 생각
날마다 뒷산에 홀로 앉아서
날마다 풀을 따서 물에 던져요.

흘러가는 시내의 물에 흘러서
내어던진 풀잎은 옅게 떠갈 제
물살이 해적해적 품을 헤쳐요.

그리운 우리 님은 어디 계신고
가여운 이 내 속을 둘 곳 없어서
날마다 풀을 따서 물에 던지고
흘러가는 잎이나 맘해 보아요.

바다

뛰노는 흰 물결이 일고 또 잦는
붉은 풀이 자라는 바다는 어디

고기잡이꾼들이 배 위에 앉아
사랑 노래 부르는 바다는 어디

파랗게 좋이 물든 남빛 하늘에
저녁놀 스러지는 바다는 어디

곳 없이 떠다니는 늙은 물새가
떼를 지어 좇니는 바다는 어디

건너서서 저편은 딴 나라이라
가고 싶은 그리운 바다는 어디

님의 노래

그리운 우리 님의 맑은 노래는
언제나 내 가슴에 젖어 있어요.

긴 날을 문밖에서 서서 들어도
그리운 우리 님의 부르는 노래는
해지고 저무도록 귀에 들려요.
밤들고 잠들도록 귀에 들려요.

고히도 흔들리는 노래 가락에
내 잠은 그만이나 깊이 들어요.
고적한 잠자리에 홀로 누워도
내 잠은 포스근히 깊이 들어요.

그러나 자다깨면 님의 노래는
하나도 남김없이 잃어 버려요.
들으면 듣는대로 님의 노래는
하나도 남김없이 잊고 말아요.

산 위에

산 위에 올라서서 바라다보면
가로막힌 바다를 마주 건너서
님 계시는 마을이 내 눈앞으로
꿈 하늘 하늘같이 떠오릅니다.

흰 모래 모래 비낀 선창가에는
한가한 뱃노래가 멀리 잦으며
날 저물고 안개는 깊이 덮여서
흩어지는 물꽃뿐 아득합니다.

이윽고 밤 어두워 물새가 울면
물결 좇아 하나 둘 배는 떠나서
저 멀리 한 바다로 아주 바다로
마치 가랑잎같이 떠나갑니다.

나는 혼자 산에서 밤을 새우고
아침해 붉은 볕에 몸을 씻으며
귀 기울고 솔곳이 엿듣노라면
님 계신 창 아래로 가는 물노래.

흔들어 깨우치는 물노래에는

내 님이 놀라 일어나 찾으신대도
내 몸은 산 위에서 그 산 위에서
고이 깊이 잠들어 다 모릅니다.

옛이야기

고요하고 어두운 밤이 오면은
어스레한 등불에 밤이 오면은
외로움에 아픔에 다만 혼자서
하염없는 눈물에 저는 웁니다.

제 한 몸도 예전엔 눈물 모르고
조그마한 세상을 보냈습니다.
그때는 지난날의 옛이야기도
아무 설움 모르고 외웠습니다.

그런데 우리 님이 가신 뒤에는
아주 저를 바리고 가신 뒤에는
전날에 제게 있던 모든 것들이
가지가지 없어지고 말았습니다.

그러나 그 한때에 외워 두었던
옛이야기뿐만은 남았습니다.
나날이 짙어가는 옛이야기는
부질없이 제 몸을 울렸습니다.

실제失題 1

동무들 보십시오 해가 집니다.
해지고 오늘날은 가노랍니다.
윗옷을 잽시빨리 입으십시오.
우리도 산마루로 올라갑시다.

동무들 보십시오 해가 집니다.
세상의 모든 것은 빛이 납니다.
이제는 주춤주춤 어둡습니다.
예서 더 저문 때를 밤이랍니다.

동무들 보십시오 밤이 옵니다.
박쥐가 발부리에 일어납니다.
두 눈을 인제 그만 감으십시오.
우리도 골짜기로 내려갑시다.

님에게

한때는 많은 날을 당신 생각에
밤까지 새운 일도 없지 않지만
아직도 때마다는 당신 생각에
추거운 베갯가의 꿈은 있지만

낯모를 딴 세상의 네 길거리에
애달피 날 저무는 갓 스물이요
캄캄한 어두운 밤 들에 헤매도
당신은 잊어버린 설움이외다.

당신을 생각하면 지금이라도
비오는 모래밭에 오는 눈물의
추거운 베갯가의 꿈은 있지만
당신은 잊어버린 설움이외다.

님의 말씀

세월이 물과 같이 흐른 두 달은
길어둔 독엣 물도 찌었지마는
가면서 함께 가자 하던 말씀은
살아서 살을 맞는 표적이외다.

봄풀은 봄이 되면 돋아나지만
나무는 밑그루를 꺾은 셈이요
새라면 두 죽지가 상한 셈이라
내 몸에 꽃필 날은 다시 없구나.

밤마다 닭소리라 날이 첫 시時면
당신의 넋맞이로 나가볼 때요
그믐에 지는 달이 산에 걸리면
당신의 길신가리¹ 차릴 때외다.

세월은 물과 같이 흘러가지만
가면서 함께 가자 하던 말씀은
당신을 아주 잊던 말씀이지만
죽기 전 또 못 잊을 말씀이외다.

---

1. 길일을 정해 고인의 명복을 빌어주는 행위.

마른 강 두덕에서

서리 맞은 잎들만 쌔울지라도
그 밑에야 강물의 자취 아니랴
잎새 위에 밤마다 우는 달빛이
흘러가던 강물의 자취 아니랴

빨래 소리 물소리 선녀의 노래
물 스치던 돌 위엔 물때뿐이라
물때 묻은 조약돌 마른 갈숲이
이제라고 강물의 터야 아니랴

빨래 소리 물소리 선녀의 노래
물 스치던 돌 위엔 물때 뿐이라

봄밤

실버드나무의 거므스렷한 머리결인 낡은 가지에
제비의 넓은 깃나래의 감색 치마에
술집의 창 옆에, 보아라, 봄이 앉았지 않은가.

소리도 없이 바람은 불며, 울며, 한숨지어라.
아무런 줄도 없이 설고 그리운 새카만 봄밤
보드라운 습기는 떠돌며 땅을 덮어라.

밤

홀로 잠들기가 참말 외로워요.
맘에는 사무치도록 그리워요.
이리도 무던히
아주 얼골조차 잊힐듯해요.

벌써 해가 지고 어둡는데요,
이 곳은 인천에 제물포, 이름난 곳
부슬부슬 오는 비에 밤이 더디고
바닷바람이 춥기만 합니다.

다만 고요히 누워 들으면
다만 고요히 누워 들으면
하이얗게 밀어드는 봄 밀물이
눈앞을 가루막고 흐느낄 뿐이야요.

꿈꾼 그 옛날

밖에는 눈, 눈이 와라,
고요히 창 아래로는 달빛이 들어라.
어스름 타고서 오신 그 여자는
내 꿈의 품속으로 들어와 안겨라.

나의 베개는 눈물로 함빡히 젖었어라.
그만 그 여자는 가고 말았느냐.
다만 고요한 새벽, 별 그림자 하나가
창틈을 엿보아라.

꿈으로 오는 한 사람

나이 차지면서 가지게 되었노라.
숨어 있던 한 사람이, 언제나 나의,
다시 깊은 잠 속의 꿈으로 와라.

불그레한 얼굴에 가늣한 손가락의,
모르는 듯한 거동도 전날의 모양대로
그는 야젓이[2] 나의 팔 위에 누워라.

그러나, 그래도 그러나!
말할 아무 것이 다시 없는가!
그냥 먹먹할뿐, 그대로
그는 일어라. 닭의 홰치는 소리.

깨어서도 늘, 길거리의 사람을
밝은 대낮에 빗보고는[3] 하노라

---

2. 의젓이.
3. 사물을 실제와 다르게 착각하고는.

눈 오는 저녁

바람 자는 이 저녁
흰 눈은 퍼붓는데
무엇하고 계시노
같은 저녁 금년今年은…

꿈이라도 꾸면은!
잠들면 만날런가.
잊었던 그 사람은
흰 눈 타고 오시네.

저녁때, 흰 눈은 퍼부어라.

자주구름

물 고운 자주구름,
하늘은 개여 오네.
밤중에 몰래 온 눈
솔숲에 꽃피었네.

아침볕 빛나는데
알알이 뛰노는 눈

밤새에 지난 일은…
다 잊고 바라보네.

움직거리는 자주구름.

두 사람

흰눈은 한 잎
또 한 잎
영 기슭을 덮을 때.
짚신에 감발하고[4] 길삼 매고
우뚝 일어나면서 돌아서도…
다시금 또 보이는,
다시금 또 보이는.

---

4. 발에 발감개를 하고.

닭소리

그대만 없게 되면
가슴 뛰노는 닭소리 늘 들어라.

밤은 아주 새어올 때
잠은 아주 달아날 때

꿈은 이루기 어려워라.

저리고 아픔이여
살기가 왜 이리 고달프냐.

새벽 그림자 산란한 들풀 위를
혼자서 거닐어라.

못 잊어

못 잊어 생각이 나겠지요,
그런대로 한세상 지내시구려,
사노라면 잊힐 날 있으리이다.

못 잊어 생각이 나겠지요.
그런대로 세월만 가라시구려,
못 잊어도 더러는 잊히오리다.

그러나 또한긋5 이렇지요,
『그리워 살뜰히 못 잊는데,
어쩌면 생각이 떠나지나요?』

5. 한편으로.

예전엔 미처 몰랐어요

봄여름 가을없이 밤마다 돋는 달도
예전엔 미처 몰랐어요.

이렇게 사무치게 그리울 줄도
예전엔 미처 몰랐어요.

달이 암만 밝아도 쳐다볼 줄은
예전엔 미처 몰랐어요.

이제금 저 달이 설움일 줄은
예전엔 미처 몰랐어요.

자나 깨나 앉으나 서나

자나 깨나 앉으나 서나
그림자 같은 벗 하나 내게 있었습니다.

그러나, 우리는 얼마나 많은 세월을
쓸데없는 괴로움으로만 보내었겠습니까!

오늘은 또 다시, 당신의 가슴 속, 속 모를 곳을
울면서 나는 휘저어 버리고 떠납니다 그려.

허수한[6] 맘, 둘 곳 없는 심사에 쓰라린 가슴은
그것이 사랑, 사랑이던 줄이 아니도 잊힙니다.

---

6. 허전하고 쓸쓸한.

해가 산마루에 저물어도

해가 산마루에 저물어도
내게 두고는 당신 때문에 저뭅니다.

해가 산마루에 올라와도
내게 두고는 당신 때문에 밝은 아침이라고 할 것입니다.

땅이 꺼져도 하늘이 무너져도
내게 두고는 끝까지 모두다 당신 때문에 있습니다.

다시는, 나의 이러한 맘뿐은, 때가 되면,
그림자 같이 당신한테로 가오리다.

오오, 나의 애인이었던 당신이여.

꿈 1

닭 개 짐승조차도 꿈이 있다고
이르는 말이야 있지 않은가,
그러하다, 봄날은 꿈꿀 때.
내 몸에야 꿈이나 있으랴,
아아 내 세상의 끝이여,
나는 꿈이 그리워, 꿈이 그리워.

맘 켕기는 날

오실 날
아니 오시는 사람!
오시는 것 같게도
맘 켕기는 날!
어느덧 해도 지고 날이 저무네!

하늘 끝

불현듯
집을 나서 산을 치달아
바다를 내다보는 나의 신세여!
배는 떠나 하늘로 끝을 가누나!

개아미

진달래 꽃이 피고
바람은 버들가지에서 울 때,
개아미[7]는
허리가 가늣한 개아미는
봄날의 한나절, 오늘 하루도
고달피 부지런히 집을 지어라.

---

7. '개미'의 제주도 방언.

제비

하늘로 날아다니는 제비의 몸으로도
일정한 깃을 두고 돌아오거든!
어찌 설지 않으랴, 집도 없는 몸이야!

부헝새

간밤에
뒷 창 밖에
부헝새[8]가 와서 울더니,
하루를 바다 위에 구름이 캄캄.
오늘도 해 못 보고 날이 저무네.

---

8. 부엉새.

만리성

밤마다 밤마다
온 하로밤[9]!
싸핫다 허럿다
긴 만리성!

---

9. 하룻밤.

수아樹芽

설다[10] 해도
웬만한,
봄이 아니어,
나무도 가지마다 눈을 텄어라!

---

10. 서럽다.

담배

나의 긴 한숨을 동무하는
못 잊게 생각나는 나의 담배!
내력을 잊어버린 옛 시절에
났다가 새 없이[11] 몸이 가신
아씨님 무덤 위의 풀이라고
말하는 사람도 보았어라.
어물어물 눈앞에 스러지는 검은 연기,
다만 타불고 없어지는 불꽃.
아 나의 괴로운 이 맘이어.
나의 하염없이 쓸쓸한 많은 날은
너와 한가지로 지나가라.

---

11. 생각할 사이도 없이.

실제失題 2

이 가람과 저 가람이 모두 처 흘러
그 무엇을 뜻하는고?

미더움을 모르는 당신의 맘

죽은 듯이 어두운 깊은 골의
꺼림직한 괴로운 몹쓸 꿈의
퍼르죽죽한 불길은 흐르지만
더듬기에 지치운 두 손길은
불어가는 바람에 식히셔요
밝고 호젓한 보름달이
새벽의 흔들리는 물노래로
수줍음에 추움에 숨을 듯이
떨고 있는 물 밑은 여기외다.

미더움을 모르는 당신의 맘

저 산과 이 산이 마주서서
그 무엇을 뜻하는고?

어버이

잘살며 못살며 할 일이 아니라
죽지 못해 산다는 말이 있나니
바이 못할 거도 아니지만는
금년에 열네 살, 아들딸이 있어서
순북이 아부님은 못 하노란다.

부모

낙엽이 우수수 떨어질 때,
겨울의 기나긴 밤,
어머님하고 둘이 앉아
옛이야기 들어라.

나는 어쩌면 생겨나와
이 이야기 듣는가?
묻지도 말아라, 내일 날에
내가 부모 되어서 알아보랴?

후살이

홀로된 그 여자
근일에 와서는 후살이[12] 간다 하여라.
그렇지 않으랴, 그 사람 떠나서
이제 십 년, 저 혼자 더 살은 오늘날에 와서야…
모두다 그럴듯한 사람 사는 일레요[13].

12. 여자가 다시 시집가서 사는 일.
13. 일이래요.

잊었던 맘

집을 떠나 먼 저곳에
외로이도 다니던 내 심사를!
바람 불어 봄꽃이 필 때에는
어쩌타 그대는 또 왔는가.
저도 잊고 나니 저 모르던 그대
어찌하여 옛날의 꿈조차 함께 오는가.
쓸데도 없이 서럽게만 오고 가는 맘.

봄비

어룰없이[14] 지는 꽃은 가는 봄인데
어룰없이 오는 비에 봄은 울어라.
서럽다, 이 나의 가슴 속에는!
보라, 높은 구름 나무의 푸릇한 가지.
그러나 해 늦으니 으스름인가.
애달피 고운 비는 그어 오지만
내 몸은 꽃자리에 주저앉아 우노라.

---

14. 덧없이.

기억

왔다고 할지라도 자취도 없는
분명치 못한 꿈을 맘에 안고서
어린 듯 대문 밖에 비껴 기대서
구름 가는 하늘을 바라봅니다.

바라는 볼지라도 하늘 끝에도
하늘은 끝에까지 꿈길은 없고
오고 가는 구름은 구름은 가도
하늘뿐 그리 그냥 늘 있습니다.

뿌리가 죽지 않고 살아 있으면
그 맘이 죽지 않고 살아 있으면
자갯돌 밭에서도 풀이 피듯이
기억의 가시밭에 꿈이 핍니다.

비단안개

눈들이 비단안개에 둘리울 때,
그때는 차마 잊지 못할 때러라.
만나서 울던 때도 그런 날이오,
그리워 미친 날도 그런 때러라.

눈들이 비단안개에 둘리울 때,
그때는 홀목숨은 못 살 때러라.
눈 풀리는 가지에 당치맞귀[15]로
젊은 계집 목매고 달릴 때러라.

눈들이 비단안개에 둘리울 때,
그때는 종달새 솟을 때러라.
들에랴, 바다에랴, 하늘에서랴,
아지 못할 무엇에 취할 때러라.

눈들이 비단안개에 둘리울 때,
그때는 차마 잊지 못할 때러라.
첫사랑 있던 때도 그런 날이오
영 이별 있던 날도 그런 때러라.

---

15. 치마의 끝에 덧붙인 헝겊조각.

애모

왜 아니 오시나요.
영창에는 달빛, 매화 꽃이
그림자는 산란히 휘젓는데.
아이. 눈 꽉 감고 요대로 잠을 들자.

저 멀리 들리는 것!
봄철의 밀물소리
물나라의 영롱한 구중궁궐, 궁궐의 오요한 곳,
잠 못 드는 용녀의 춤과 노래, 봄철의 밀물소리.

어두운 가슴속의 구석구석…
환연한 거울 속에, 봄 구름 잠긴 곳에,
소솔비 내리며, 달무리 둘려라.
이대도록 왜 아니 오시나요. 왜 아니 오시나요.

몹쓸 꿈

봄 새벽의 몹쓸 꿈
깨고 나면!
우짖는 까막까치, 놀라는 소리,
너희들은 눈에 무엇이 보이느냐.

봄철의 좋은 새벽, 풀 이슬 맺혔어라.
볼지어다, 세월은 도무지 편안한데,
두 새 없는 저 까마귀, 새들게[16] 우짖는 저 까치야,
나의 흉한 꿈 보이느냐?

고요히 또 봄바람은 봄의 빈 들을 지나가며,
이윽고 동산에서는 꽃잎들이 흩어질 때,
말 들어라, 애틋한 이 여자야, 사랑의 때문에는
모두 다 사나운 조짐인 듯, 가슴을 뒤노아라[17].

---

16. 까불어대며.
17. 불안하게 흔들려라.

그를 꿈꾼 밤

야밤중, 불빛이 발갛게
어렴풋이 보여라.

들리는 듯, 마는 듯,
발자국 소리.
스러져 가는 발자국 소리.

아무리 혼자 누어 몸을 뒤재도[18]
잃어버린 잠은 다시 안 와라.

야밤중, 불빛이 발갛게
어렴풋이 보여라.

---

18. 뒤척여도'의 평안도 방언.

분粉얼굴

불빛에 떠오르는 새뽀얀 얼굴,
그 얼굴이 보내는 호젓한 냄새,
오고가는 입술의 주고받는 잔,
가느스름한 손길은 아른대어라.

거무스레하면서도 붉으스러한
어렴풋하면서도 다시 분명한
줄 그늘 위에 그대의 목소리,
달빛이 수풀 위를 떠 흐르는가.

그대하고 나하고 또는 그 계집
밤에 노는 세 사람, 밤의 세 사람,
다시금 술잔 위의 긴 봄밤은
소리도 없이 창 밖으로 새여 빠져라.

아내 몸

들고 나는 밀물에
배 떠나간 자리야 있으랴.
어질은 아내인 남의 몸인 그대요,
『아주, 엄마 엄마라고 불리우기 전에』

굴뚝이기에 연기가 나고
돌바우 아니기에 좀이 들어라.
젊으나 젊으신 청하늘인 그대요,
『착한 일 하신분네는 천당가옵시리라』

서울 밤

붉은 전등.
푸른 전등.
넓다란 거리면 푸른 전등.
막다른 골목이면 붉은 전등.
전등은 반짝입니다.
전등은 그무립니다.
전등은 또다시 어스렷합니다.
전등은 죽은듯한 긴 밤을 지킵니다.

나의 가슴의 속모를 곳의
어둡고 밝은 그 속에서도
붉은 전등이 흐드겨 웁니다.
푸른 전등이 흐드겨 웁니다.

붉은 전등.
푸른 전등.
머나먼 밤하늘은 새캄합니다.
머나먼 밤하늘은 새캄합니다.
서울 거리가 좋다고 해요.
서울 밤이 좋다고 해요.
붉은 전등.

푸른 전등.
나의 가슴의 속 모를 곳의
푸른 전등은 고적합니다.
붉은 전등은 고적합니다.

옛날

잃어진 그 옛날이 하도 그리워
무심히 저녁 하늘 쳐다봅니다.
실낱 같은 초순달 혼자 돌다가
고요히 꿈결처럼 스러집니다.

실낱 같은 초순달 하늘 돌다가
고요히 꿈결처럼 스러지길래
잃어진 그 옛날이 못내그리워
다시금 이내 맘은 한숨 쉽니다.

여자의 냄새

푸른 구름의 옷 입은 달의 냄새
붉은 구름의 옷 입은 해의 냄새
아니, 땀 냄새, 때 묻은 냄새
비에 맞아 추거운 살과 옷 냄새

푸른 바다… 어즐이는 배…
보드라운 그리운 어떤 목숨의
조그마한 푸릇한 그무러진 영靈
어우러져 비끼는 살의 아우성…

다시는 장사葬事 지나간 숲속의 냄새
유령 실은 널뛰는 뱃간의 냄새
생고기의 바다의 냄새
늦은 봄의 하늘을 떠도는 냄새

모래 둔덕 바람은 그물 안개를 불고
먼 거리의 불빛은 달 저녁을 울어라
냄새 많은 그 몸이 좋습니다.
냄새 많은 그 몸이 좋습니다.

2
반
달

가을 아침에

아득한 퍼스렷한 하늘 아래서
회색의 지붕들은 번쩍거리며,
성긋한 섶나무[19]의 드문 수풀을
바람은 오다가다 울며 만날 때,
보일락 말락 하는 멧골에서는
안개가 어스러히 흘러 쌓여라.

아아 이는 찬비 온 새벽이러라.
냇물도 잎새 아래 얼어붙누나.
눈물에 쌓여 오는 모든 기억은
피 흘린 상처 조차 아직 새로운
가주난 아기같이 울며 서두는
내 영을 에워싸고 속살거려라.

『그대의 가슴속이 가볍던 날
그리운 그 한때는 언제였었노!』
아아 어루만지는 고운 그 소리
쓰라린 가슴에서 속살거리는,
미움도 부끄럼도 잊은 소리에,
끝없이 하염없이 나는 울어라.

---

19. '작은 나무'의 강원도 방언.

가을 저녁에

물은 희고 길구나, 하늘보다도.
구름은 붉구나, 해보다도.
서럽다, 높아가는 긴 들끝에
나는 떠돌며 울며 생각한다, 그대를.

그늘 깊어 오르는 발 앞으로
끝없이 나아가는 길은 앞으로.
키높은 나무 아래로, 물마을은
성깃한[20] 가지가지 새로 떠오른다.

그 누가 온다고 한 언약도 없건마는!
기다려 볼 사람도 없건마는!
나는 오히려 못물가를 싸고 떠돈다,
그 못물로는 놀이 잦을 때.

___

20. 간격이나 사이가 조금 벌어진.

만나려는 심사

저녁 해는 지고서 어스름의 길,
저 먼 산엔 어두워 잃어진 구름,
만나려는 심사는 웬 셈일까요?
그 사람이야 올 길 바이 없는데,
발길은 누구 마중을 가잔 말이냐.
하늘엔 달 오르며 우는 기러기.

깊이 믿던 심성

깊이 믿던 심성이 황량한 내 가슴 속에,
오고 가는 두서너 구우舊友를 보면서 하는 말이
이제는, 당신네들도 다 쓸데없구려!

꿈 2

꿈? 영靈의 헤적임. 설움의 고향.
울자, 내 사랑, 꽃 지고 저무는 봄.

님과 벗

벗은 설움에서 반갑고
님은 사랑에서 좋아라.
딸기꽃 피어서 향기로운 때를
고초의 붉은 열매 익어가는 밤을
그대여, 부르라, 나는 마시리.

지연紙鳶

오후의 네 길거리 해가 들었다,
시정市井의 첫 겨울의 적막함이여,
우둑히 문어귀에 혼자 섰으면,
흰 눈의 잎사귀, 지연이 뜬다.

오시는 눈

땅 위에 쌔하얗게 오시는 눈.
기다리는 날에는 오시는 눈.
오늘도 저 안 온 날 오시는 눈.
저녁불 켤 때마다 오시는 눈.

반달

희멀끔하여 떠돈다, 하늘 우에,
빛 죽은 반달이 언제 올랐구나!
바람은 나온다, 저녁은 춥구나,
흰 물가엔 뚜렷이 해가 드누나.

어둑컴컴한 풀 없는 들은
찬 안개 위에로 떠 흐른다.
아, 겨울은 깊었다, 내 몸에는,
가슴이 무너져 나려앉는 이 설움아!

가는 님은 가슴엣 사랑까지 없애고 가고
젊음은 늙음으로 바뀌어든다.
들가시나무의 밤드는[21] 검은 가지
잎새들만 저녁빛에 희그무레 꽃지듯 한다.

---

21. 밤이 깊어지는.

설움의 덩이

꿇어앉아 올리는 향로의 향불.
내 가슴에 조그만 설움의 덩이.
초닷새 달 그늘에 빗물이 운다.
내 가슴에 조그만 설움의 덩이.

낙천

살기에 이러한 세상이라고
맘을 그렇게나 먹어야지,
살기에 이러한 세상이라고,
꽃 지고 잎 진 가지에 바람이 운다.

바람과 봄

봄에 부는 바람, 바람 부는 봄,
적은가지 흔들리는 부는 봄바람,
내 가슴 흔들리는 바람, 부는 봄,
봄이라 바람이라 이내 몸에는
꽃이라 술잔이라 하며 우노라.

눈

새하얀 흰 눈, 가비엽게 밟을 눈,
재 같아서 날릴 듯 꺼질 듯한 눈,
바람엔 흩어져도 불길에야 녹을 눈.
계집의 마음. 님의 마음.

깊고 깊은 언약

몹쓸은 꿈을 깨어 돌아누울 때,
봄이 와서 맷나물 돋아나올 때,
아름다운 젊은이 앞을 지날 때,
잊어버렸던 듯이 저도 모르게,
얼결에 생각나는 『깊고 깊은 언약』.

붉은 조수

바람에 밀려드는 저 붉은 조수
저 붉은 조수가 밀려들 때마다
나는 저 바람 우에 올라서서
푸릇한 구름의 옷을 입고
불같은 저 해를 품에 안고
저 붉은 조수와 나는 함께
뛰놀고 싶구나, 저 붉은 조수와.

남의 나라 땅

돌아다 보이는 무쇠다리
얼결에 띄워 건너서서
숨 고르고 발 놓는 남의 나라 땅.

천리만리

말리지 못 할만치 몸부림하며
마치 천리만리나 가고도 싶은
맘이라고나 하여 볼까.
한줄기 쏜살같이 뻗은 이 길로
줄곧 치달아 올라가면
불붙는 산의, 불붙는 산의
연기는 한두 줄기 피어올라라.

생과 사

살았대나 죽었대나 같은 말을 가지고
사람은 살아서 늙어서야 죽나니,
그러하면 그 역시 그럴듯도 한 일을,
하필코 내 몸이라 그 무엇이 어째서
오늘도 산마루에 올라서서 우느냐.

어인漁人

헛된 줄 모르고나 살면 좋아도!
오늘도 저 너머 편 마을에서는
고기잡이 배 한척 길 떠났다고.
작년에도 바닷놀이 무서웠건만.

귀뚜라미

산바람 소리.
찬비 뜯는 소리.
그대가 세상 고락 말하는 날 밤에,
순막집[22] 불도 지고 귀뚜라미 울어라.

---

22. 주막집.

달빛

달빛은 밝고 귀뚜라미 울 때는
우두커니 시멋없이[23] 잡고 섰던 그대를
생각하는 밤이여, 오오 오늘밤
그대 찾아 데리고 서울로 가나?

---

23. 시름없이.

불운에 우는 그대여

불운에 우는 그대여, 나는 아노라
무엇이 그대의 불운을 지었는지도,
부는 바람에 날려,
밀물에 흘러,
굳어진 그대의 가슴 속도
모두 다 지나간 나의 일이면.
다시금 또 다시금
적황의 포말은 북고여라, 그대의 가슴속의
암청의 이끼여, 거칠은 바위
치는 물가의.

바다가 변하여 뽕나무밭 된다고

걷잡지 못할만한 나의 이 설음,
저무는 봄 저녁에 져가는 꽃잎,
져가는 꽃잎들은 나부끼어라.
예로부터 일러 오며 하는 말에도
바다가 변하여 뽕나무밭 된다고.
그러하다, 아름다운 청춘의 때의
있다던 온갖 것은 눈에 설고
다시금 낯모르게 되나니,
보아라, 그대여, 서럽지 않은가,
봄에도 삼월의 져가는 날에
붉은 피같이 쏟아져 나리는
저기 저 꽃잎들을, 저기 저 꽃잎들을.

황촉불

황촉불, 그저도 까맣게
스러져 가는 푸른 창을 기대고
소리조차 없는 흰 밤에,
나는 혼자 거울에 얼굴을 묻고
뜻 없이 생각 없이 들여다보노라.
나는 이르노니, 우리 사람들
첫날밤은 꿈속으로 보내고
죽음은 조는 동안에 와서,
별 좋은 일도 없이 스러지고 말어라.

맘에 있는 말이라고 다 할까 보냐

하소연하며 한숨을 지으며
세상을 괴로워 하는 사람들이여!
말을 나쁘지 않도록 좋게 꾸밈은
달라진 이 세상의 버릇이라고, 오오 그대들!
맘에 있는 말이라고 다 할까보냐.
두세 번 생각하라, 위선 그것이
저부터 밑지고 들어가는 장사일진댄.
사는 법이 근심은 못 같은다고,
남의 설움을 남은 몰라라.
말 마라, 세상, 세상 사람은
세상에 좋은 이름 좋은 말로써
한 사람을 속옷마저 벗긴 뒤에는
그를 네길거리에 세워 놓아라, 장승도 마찬가지.
이 무슨 일이냐, 그날로부터,
세상 사람들은 제각각 제 비위의 헐한 값으로
그의 몸값을 매기자고 덤벼들어라.
오오 그러면, 그대들은 이후에라도
하늘을 우러르라, 그저 혼자, 섦거나 괴롭거나.

훗길

어버이님네들이 외우는[24] 말이
딸과 아들을 기르기는
훗길을 보자는 심성이로라…
그러하다, 분명히 그네들도
두 어버이 틈에서 생겼어라.
그러나 그 무엇이냐, 우리 사람!
손들어 가르치던 먼 훗날에
그네들이 또다시 자라 커서
한결같이 외우는 말이
훗길을 두고 가자는 심성으로
아들딸을 늙도록 기르노라.

---

24. 늘 이야기하는.

부부

오오 안해여, 나의 사랑!
하늘이 묶어준 짝이라고
믿고 살음이 마땅치 아니한가.
아직 다시 그러랴, 안 그러랴?
이상하고 별나운 사람의 맘,
저 몰라라, 참인지, 거짓인지?
정분으로 얽은 딴 두 몸이라면.
서로 어그점인들 또 있으랴.
한평생이라도 반백년
못 사는 이 인생에!
연분의 긴 실이 그 무엇이랴?
나는 말하려노라, 아무러나,
죽어서도 한 곳에 묻히더라.

나의 집

들가에 떨어져 나가앉은 멧기슭의
넓은 바다의 물가 뒤에,
나는 지으리, 나의 집을,
다시금 큰길을 앞에다 두고.
길로 지나가는 그 사람들은
제가끔 떨어져서 혼자 가는 길.
하이얀 여울턱에 날은 저물 때.
나는 문간에 서서 기다리리.
새벽새가 울며 지새는 그늘로
세상은 희게 또는 고요하게,
번쩍이며 오는 아침부터,
지나가는 길손을 눈여겨보며,
그대인가고, 그대인가고.

새벽

낙엽이 발이 숨는 못물가에
우뚝우뚝한 나무 그림자
물빛조차 어슴프레히 떠오르는데,
나 혼자 섰노라, 아직도 아직도,
동녘 하늘은 어두운가.
천인天人에도 사랑 눈물, 구름 되어,
외로운 꿈의 베개, 흐렸는가
나의 님이여, 그러나 그러나
고히도 붉으스레 물질러 와라
하늘 밝고 저녁에 섰는 구름.
반달은 중천에 지새일 때.

구름

저기 저 구름을 잡아타면
붉게도 피로 물든 저 구름을,
밤이면 새캄한 저 구름을.
잡아타고 내 몸은 저 멀리로
구만리 긴 하늘을 날아 건너
그대 잠든 품속에 안기렸더니,
애스러라, 그리는 못한대서,
그대여, 들으라 비가 되어
저 구름이 그대한테로 내리거든,
생각하라, 밤저녁, 내 눈물을.

여름의 달밤

서늘하고 달 밝은 여름 밤이여
구름조차 희미한 여름 밤이여
그지없이 거룩한 하늘로써는
젊음의 붉은 이슬 젖어 내려라.

행복의 맘이 도는 높은 가지의
아슬아슬 그늘 잎새를
배불러 기어 도는 어린 벌레도
아아 모든 물결은 복 받았어라.

뻗어 뻗어 오르는 가시덩굴도
희미하게 흐르는 푸른 달빛이
기름 같은 연기에 멱감을러라.
아아 너무 좋아서 잠 못 들어라.

우긋한[25] 풀대들은 춤을 추면서
갈잎들은 그윽한 노래 부를 때.
오오 내려 흔드는 달빛 가운데
나타나는 영원을 말로 새겨라.

---

25. 제법 무성한.

자라는 물벼 이삭 벌에서 불고
마을로 은 숫듯이 오는 바람은
눅잣추는 향기를 두고 가는데
인가들은 잠들어 고요하여라.

하루 종일 일하신 아기 아버지
농부들도 편안히 잠들었어라.
영 기슭의 어득한 그늘 속에선
쇠스랑과 호미뿐 빛이 피어라.

이윽고 씩새리²⁶ 소리는
밤이 들어가면서 더욱 잦을 때
나락밭 가운데의 우물 물가에는
농녀農女의 그림자가 아직 있어라.

달빛은 그무리며 넓은 우주에
잃어졌다 나오는 푸른 별이요.
씩새리의 울음의 넘는 곡조요.
아아 기쁨 가득한 여름 밤이여.

----

26. '귀뚜라미'의 평안도 방언.

삼간집에 불붙는 젊은 목숨의
정열에 목맺히는 우리 청춘은
서늘한 여름 밤 잎새 아래의
희미한 달빛 속에 나부끼어라.

한때의 자랑 많은 우리들이여
농촌에서 지나는 여름보다도
여름의 달밤보다 더 좋은 것이
인간에 이 세상에 다시 있으랴.

조그만 괴로움도 내어버리고
고요한 가운데서 귀기울이며
흰 달의 금물결에 노를 저어라
푸른 밤의 하늘로 목을 놓아라.

아아 찬양하여라 좋은 한때를
흘러가는 목숨을 많은 행복을.
여름의 어스러한 달밤 속에서
꿈같은 즐거움의 눈물 흘러라.

오는 봄

봄날이 오리라고 생각하면서
쓸쓸한 긴 겨울을 지나보내라.
오늘 보니 백양의 뻗은 가지에
전에 없이 흰 새가 앉아 울어라.

그러나 눈이 깔린 두던[27] 밑에는
그늘이냐 안개냐 아지랑이냐.
마을들은 곳곳이 움직임 없이
저 편 하늘 아래서 평화롭건만.

새들께 지껄이는 까치의 무리.
바다를 바라보며 우는 가마귀.
어디로써 오는지 종경 소리는
젊은 아기 나가는 조곡弔曲일러라.

보라 때에 길손도 머뭇거리며
지향 없이 갈 발이 곳을 몰라라.
사무치는 눈물은 끝이 없어도
하늘을 쳐다보는 살음의 기쁨.

---

27. '언덕'의 평안도 방언.

저마다 외로움의 깊은 근심이
오도가도 못하는 망상거림에
오늘은 사람마다 님을 여이고
곳을 잡지 못하는 설움일러라.

오기를 기다리는 봄의 소리는
때로 여윈 손끝을 울릴지라도
수풀 밑에 서리운 머릿결들은
걸음 걸음 괴로이 발에 감겨라.

물마름

주으린 새무리는 마른 나무의
해지는 가지에서 재갈이던 때.
온종일 흐르던 물 그도 곤困하여
놀 지는 골짜기에 목이 메던 때.

그 누가 알았으랴 한쪽 구름도
걸려서 흐느끼는 외로운 영을
숨차게 올라서는 여윈 길손이
달고 쓴 맛이라면 다 겪은 줄을.

그곳이 어디드냐 남이장군이
말 먹여 물 찌었던 푸른 강물이
지금에 다시 흘러 뚝을 넘치는
천백 리 두만강이 예서 백십 리.

무산의 큰 고개가 예가 아니냐
누구나 예로부터 의를 위하여
싸우다 못 이기면 몸을 숨겨서
한때의 못난이가 되는 법이라.

그 누가 생각하랴 삼백년래에
참아 받지 다 못할 한과 모욕을
못 이겨 칼을 잡고 일어섰다가
인력의 다함에서 쓰러진 줄을.

부러진 대쪽으로 활을 메우고
녹 슬은 호미쇠로 칼을 별러서
도독된 삼천리에 북을 울리며
정의의 기旗를 들던 그 사람이여.

그 누가 기억하랴 다복동에서
피 물든 옷을 입고 외치던 일을
정주성 하룻밤의 지는 달빛에
애哀 그친 그 가슴이 숯기 된 줄을.

물 위의 뜬 마름에 아침 이슬을
불붙는 산마루에 피었던 꽃을
지금에 우러르며 나는 우노라
이루며 못 이룸에 박薄한 이름을.

우리 집

이바루[28]
외따로[29] 와 지나는 사람 없으니
밤 자고 가자 하며 나는 앉어라.

저 멀리, 하느편[30]에
배는 떠나 나가는
노래 들리며

눈물은
흘러나려라
스르르 내려 감는 눈에.

꿈에도 생시에도 눈에 선한 우리 집

또 저 산 넘어 넘어
구름은 가라.

---

28. '이 정도'의 평안도 사투리.
29. 혼자서.
30. 서쪽 방향.

들돌이

들꽃은 피어 흩어졌어라.

들풀은
들로 한 벌 가득히 자라 높았는데
뱀의 헐벗은 묵은 옷은
길 분전의 바람에 날아 돌아라.

저 보아, 곳곳이 모든 것은
번쩍이며 살아 있어라.
두 나래 펼쳐 떨며
소리개도 높이 떴어라.

때에 이내 몸
가다가 또다시 쉬기도 하며,
숨에 찬 내 가슴은
기쁨으로 채워져 사뭇 넘처라.

걸음은 다시금 또 더 앞으로…

바리운 몸

꿈에 울고 일어나
들에
나와라.

들에는 소슬비
머구리[31]는 울어라.
들 그늘 어두운데

뒷짐 지고 땅 보며 머뭇거릴 때.

누가 반딧불 꾀어드는 수풀 속에서
간다 잘 살어라 하며, 노래 불러라.

---

31. '개구리'의 함경도 방언.

엄숙

나는 혼자 뫼 위에 올랐어라.
솟아 퍼지는 아침 햇볕에
풀잎도 번쩍이며
바람은 속삭여라.
그러나
아아 내 몸의 상처받은 맘이여
맘은 오히려 저리고 아픔에 고요히 떨려라
또 다시금 나는 이 한때에
사람에게 있는 엄숙을 모두 느끼면서.

바라건대는 우리에게 우리의 보섭 대일 땅이 있었더면

나는 꿈 꾸었노라, 동무들과 내가 가지런히
벌가의 하루 일을 다 마치고
석양에 마을로 돌아오는 꿈을,
즐거이, 꿈 가운데.

그러나 집 잃은 내 몸이여,
바라건대 우리에게 우리의 보섭[32] 대일 땅이 있었더면!
이처럼 떠돌으랴, 아침에 저물손[33]에
새라 새로운 탄식을 얻으면서.

동이랴, 남북이랴,
내 몸은 떠가나니, 볼지어다.
희망의 반짝임은, 별빛이 아득임은,
물결뿐 떠올라라, 가슴에 팔 다리에.

그러나 어쩌면 황송한 이 심정을! 날로 나날이 내 앞에
자칫 가늘은 길이 이어가라, 나는 나아가리라.
한 걸음, 또 한 걸음 보이는 산비탈엔
온 새벽 동무들, 저 저 혼자… 산경을 김 매이는.

---

32. 농기구, 쟁기의 일종.
33. 저녁 무렵.

밭고랑 위에서

우리 두 사람은
키 높이 가득 자란 보리밭, 밭고랑 위에 앉았어라.
일을 필畢하고 쉬는 동안의 기쁨이여.
지금 두 사람의 이야기에는 꽃이 필 때.

오오 빛나는 태양은 나려 쪼이며
새 무리들도 즐거운 노래, 노래 불러라.
오오 은혜여, 살아있는 몸에는 넘치는 은혜여,
모든 은근스러움이 우리의 맘속을 차지하여라.

세계의 끝은 어디? 자애의 하늘은 넓게도 덮였는데.
우리 두 사람은 일하며, 살아있어서,
하늘과 태양을 바라보아라, 날마다 날마다도,
새라새롭은 환희를 지어내며, 늘 같은 땅 위에서.

다시 한 번 활기 있게 웃고 나서, 우리 두 사람은
바람에 일리우는 보리밭 속으로
호미 들고 들어갔어라, 가즈런히 가즈런히,
걸어 나아가는 기쁨이어, 오오 생명의 향상이여.

저녁 때

마소의 무리와 사람들은 돌아들고, 적적히 빈 들에,
엉머구리[34] 소리 우거져라.
푸른 하늘은 더욱 낮추, 먼 산비탈길 어둔데
우뚝우뚝 드높은 나무, 잘 새도 깃들어라.

볼수록 넓은 벌의
물빛을 물끄러미 들여다보며
고개 수그리고 박은 듯이 홀로 서서
긴 한숨을 짓느냐, 왜 이다지!

온 것을 아주 잊었으라, 깊은 밤 에서 함께
몸이 생각에 가비엽고, 맘이 더 높이 떠오를 때,
문득, 멀지 않은 갈숲 새로
별빛이 솟구어라.

---

34. 얼룩개구리.

합장

나들이. 단 두 몸이라. 밤 빛은 베여와라.
아, 이거 봐, 우거진 나무 아래로 달 들어라.
우리는 말하며 걸었어라, 바람은 부는 대로.

등불 빛에 거리는 혜적여라, 희미한 하느 편에
고이 밝은 그림자 아득이고
퍽도 가까인, 풀밭에서 이슬이 번쩍여라.

밤은 막 깊어, 사방은 고요한데,
이마즉, 말도 안하고, 더 안가고,
길가에 우뚝하니 눈감고 마주서서.

먼먼 산, 산 절의 절 종소리, 달빛은 지새어라.

묵념

이슥한 밤, 밤기운 서늘할 제
홀로 창턱에 걸어앉아, 두 다리 늘이우고,
첫 머구리 소리를 들어라.
애처롭게도, 그대는 먼첨 혼자서 잠드누나.

내 몸은 생각에 잠잠할 때. 희미한 수풀로써
촌가의 액막이 제 지내는 불빛은 새어오며,
이윽고, 비난수도 머구 소리와 함께 잦아져라.
가득히 차오는 내 심령은…… 하늘과 땅 사이에.

나는 무심히 일어 걸어 그대의 잠든 몸 위에 기대어라
움직임 다시없이, 만뢰는 구적[35]한데,
조요히 내려 비추는 별빛들이
내 몸을 이끌어라, 무한히 더 가깝게.

---

35. 밤이 깊어 고요하고 적적한 상태.

열락

어둡게 깊게 목메인 하늘.
꿈의 품속으로써 굴러나오는
애달피 잠 안 오는 유령의 눈결.
그림자 검은 개버드나무에
쏟아져 내리는 비의 줄기는
흐느껴 비끼는 주문의 소리.

시커먼 머리채 풀어헤치고
아우성하면서 가시는 따님.
헐벗은 벌레들은 꿈틀일 때,
흑혈黑血의 바다. 고목 동굴.

탁목조[36]의
쪼아리는 소리, 쪼아리는 소리.

---

36. 딱따구리.

무덤

그 누가 나를 헤내는[37] 부르는 소리
붉으스름한 언덕, 여기저기
돌무더기도 움직이며, 달빛에,
소리만 남은 노래 서리워 엉겨라,
옛 조상들의 기록을 묻어둔 그 곳!
나는 두루 찾노라, 그곳에서,
형적 없는 노래 흘러 퍼져,
그림자 가득한 언덕으로 여기저기,
그 누구가 나를 헤내는 부르는 소리
부르는 소리, 부르는 소리,
내 넋을 잡아끌어 헤내는 부르는 소리.

37. 헤어나게 하는.

비난수 하는 맘

함께 하려노라, 비난수[38]하는 나의 맘,
모든 것을 한 짐에 묶어 가지고 가기까지,
아침이면 이슬 맞은 바위의 붉은 줄로,
기어오르는 해를 바라다보며, 입을 벌리고.

떠돌아라, 비난수하는 맘이여, 갈매기같이,
다만 무덤뿐이 그늘을 어른이는 하늘 위를,
바닷가의 잃어버린 세상의 있던 모든 것들은
차라리 내 몸이 죽어 가서 없어진 것만도 못하건만.

또는 비난수하는 나의 맘, 헐벗은 산 위에서,
떨어진 잎 타서 오르는, 냇내[39]의 한줄기로,
바람에 나부끼라 저녁은, 흩어진 거미줄의
밤에 매던 이슬은 곧 다시 떨어진다고 할지라도.

함께 하려 하노라, 오오 비난수하는 나의 맘이여,
있다가 없어지는 세상에는
오직 날과 날이 닭소리와 함께 달아나 버리며,
가까웁는, 오오 가까웁는 그대뿐이 내게 있거라!

---

38. 굿을 할 때 복을 빌며 기도하는 행위.
39. '연기'의 평안도 방언.

찬 저녁

퍼르스렷한 달은, 성황당의
군데군데 헐어진 담 모도리[40]에
우둑히 걸리었고, 바위 위의
까마귀 한 쌍, 바람에 나래를 펴라.

엉기한 무덤들은 들먹거리며,
눈 녹아 황토 드러난 멧기슭의,
여기라, 거리 불빛도 떨어져 나와,
집 짓고 들었노라, 오오 가슴이여

세상은 무덤보다도 다시 멀고
눈물은 물보다 더 더움이 없어라.
오오 가슴이여, 모닥불 피어 오르는
내 한세상, 마당가의 가을도 갔어라.

그러나 나는, 오히려 나는
소리를 들어라, 눈석임물[41]이 씨거리는,
땅 위에 누워서, 밤마다 누워,
담 모도리에 걸린 달을 내가 또 봄으로.

---

40. '모서리'의 평안도 방언.
41. 눈이 녹으며 흐르는 물.

초혼

산산이 부서진 이름이여!
허공 중에 헤어진 이름이여
불러도 주인 없는 이름이여!
부르다가 내가 죽을 이름이여!

심중에 남아 있는 말 한마디는
끝끝내 마저 하지 못하였구나.
사랑하던 그 사람이여!
사랑하던 그 사람이여!

붉은 해는 서산 마루에 걸리었다.
사슴의 무리도 슬피 운다.
떨어져 나가 앉은 산 위에서
나는 그대의 이름을 부르노라.

설움에 겹도록 부르노라.
설움에 겹도록 부르노라.
부르는 소리는 비껴가지만
하늘과 땅 사이가 너무 넓구나.

선 채로 이 자리에 돌이 되어도
부르다가 내가 죽을 이름이여!
사랑하던 그 사람이여!
사랑하던 그 사람이여!

ㅋ
진달래꽃

개여울의 노래

그대가 바람으로 생겨 났으면
달 돋는 개여울의 빈 들 속에서
내 옷의 앞자락을 불기나 하지.

우리가 굼벙이로 생겨 났으면
비오는 저녁 캄캄한 영 기슭의
미욱한 꿈이나 꾸어를 보지.

만일에 그대가 바다 낭끝[42]의
벼랑에 돌로나 생겨 났더면
둘이 안고 떨어나지지.

만일에 나의 몸이 불귀신이면
그대의 가슴 속을 밤도와[43] 태워
둘이 함께 재 되어 스러지지.

---

42. 벼랑 끝.
43. 밤을 새워서.

길

어제도 하로밤
나그네 집에
가마귀 가왁가왁 울며 새웠소.

오늘은
또 몇 십리
어디로 갈까.

산으로 올라갈까
들로 갈까
오라는 곳이 없어 나는 못 가오.

말 마소, 내 집도
정주 곽산
차 가고 배 가는 곳이라오.

여보소, 공중에
저 기러기
공중엔 길 있어서 잘 가는가?

여보소, 공중에
저 기러기
열 십자 복판에 내가 섰소.

갈래 갈래 갈린 길
길이라도
내게 바이[44] 갈 길이 하나 없소.

44. 전혀.

개여울

당신은 무슨 일로
그리합니까?
홀로이 개여울에 주저앉아서

파릇한 풀포기가
돋아나오고
잔물은[45] 봄바람에 헤적일 때에

가도 아주 가지는
않노라시던
그러한 약속이 있었겠지요.

날마다 개여울에
나와 앉아서
하염없이 무엇을 생각합니다.

가도 아주 가지는
않노라심은
굳이 잊지 말라는 부탁인지요.

---

45. 잔잔하게 물든.

가는 길

그립다
말을 할까
하니 그리워

그냥 갈까
그래도
다시 더 한 번

저 산에도 가마귀, 들에 가마귀
서산에는 해 진다고
지저귑니다.

앞 강물 뒷 강물
흐르는 물은

어서 따라오라고 따라가자고
흘러도 연달아 흐릅디다려.

왕십리

비가 온다
오누나
오는 비는
올지라도 한 닷새 왔으면 좋지.

여드레 스무날엔
온다고 하고
초하루 삭망[46]朔望이면 간다고 했지.
가도 가도 왕십리 비가 오네.

웬걸 저 새야
울랴거든
왕십리 건너가서 울어나다고
비 맞아 나른해서 벌새가 운다.

천안에 삼거리 실버들도
촉촉히 젖어서 늘어졌다네.
비가 와도 한 닷새 왔으면 좋지.
구름도 산마루에 걸려서 운다.

---

46. 음력 초하루와 보름.

무심

시집 와서 삼 년
오는 봄은
거친 벌 난亂벌에 왔습니다.

거친 벌 난 벌에 피는 꽃은
졌다가도 피노라 이릅디다.
소식없이 기다린
이태 삼 년

바로 가던 앞 강이 간 봄부터
굽어 돌아 휘돌아 흐른다고
그러나 말 마소, 앞 여울의
물빛은 예대로 푸르렀소.

시집와서 삼 년
어느 때나
터진 개여울의 여울물은
거친 벌 난 벌에 흘렀습니다.

원앙침

바드득 이를 갈고
죽어 볼까요
창가에 아롱아롱
달이 비춘다.

눈물은 새우잠의
팔굽베개요
봄 꿩은 잠이 없어
밤에 와 운다.

두동달이 베개[47]는
어디 갔고
언제는 둘이 자던 베갯머리에
죽자 사자 언약도 하여 보았지.

봄 메의 멧기슭에
우는 접동도
내 사랑 내 사랑
조히[48] 울 것다.

---

47. 부부가 함께 베는 긴 베개.
48. 조용히.

두둥달이 베개는
어디 갔는고
창가에 아롱아롱
달이 비춘다.

산

산새도 오리나무
위에서 운다.
산새는 왜 우노, 시메산골
영 넘어 갈라고 그래서 울지.

눈은 내리네, 와서 덮이네.
오늘도 하룻길
칠팔십 리
돌아서서 육십 리는 가기도 했소.

불귀不歸, 불귀, 다시 불귀,
삼수갑산에 다시 불귀.
사나이 속이라 잊으련만,
십오 년 정분을 못 잊겠네.

산에는 오는 눈, 들에는 녹는 눈.
산새도 오리나무
위에서 운다.
삼수갑산 가는 길은 고개의 길.

춘향과 이도령

평양에 내동강은
우리 나라에
곱기로 으뜸가는 가람이지요.

삼천리 가다 가다 한가운데는
우뚝한 삼각산이
솟기도 했소.

그래 옳소 내 누님, 오오 누이님
우리 나라 섬기던 한 옛적에는
춘향과 이도령도 살았다지요.

이편에는 함양, 저편에 담양,
꿈에는 가끔가끔 산을 넘어
오작교 찾아 찾아가기도 했소.

그래 옳소 누이님 오오 내 누님
해 돋고 달 돋는 남원 땅에는
성춘향 아가씨가 살았다지요.

진달래꽃

나 보기가 역겨워
가실 때에는
말없이 고이 보내드리우리다.

영변에 약산
진달래꽃
아름 따다 가실 길에 뿌리우리다.

가시는 걸음 걸음
놓인 그 꽃을
사뿐히 즈려 밟고 가시옵소서.

나 보기가 역겨워
가실 때에는
죽어도 아니 눈물 흘리우리다.

삭주구성朔州龜城

물로 사흘 배 사흘
먼 삼천 리
더더구나 걸어 넘는 먼 삼천 리
삭주구성[49]은 산을 넘은 육천 리요.

물 맞아 함빡이 젖은 제비도
가다가 비에 걸려 오노랍니다.
저녁에는 높은 산
밤에 높은 산

삭주구성은 산 넘어
먼 육천 리
가끔가끔 꿈에는 사오천 리
가다오다 돌아오는 길이겠지요.

서로 떠난 몸이길래 몸이 그리워
님을 둔 곳이길래 곳이 그리워
못 보았소 새들도 집이 그리워
남북으로 오며가며 아니합디까.

---

49. 평안도의 행정구역, (돌아갈 수 없는 장소).

들 끝에 날아가는 나는 구름은
밤쯤은 어디 바로 가 있을텐고
삭주구성은 산 넘어
먼 육천 리.

널

성촌의 아가씨들
널 뛰노나
초파일 날이라고
널을 뛰지요

바람 불어요
바람이 분다고!
담 안에는 수양의 버드나무
채색줄 층층 그네 매지를 말아요

담 밖에는 수양의 늘어진 가지
늘어진 가지는
오오 누나!
휘젓이 늘어져서 그늘이 깊소.

좋다 봄날은
몸에 겹지
널 뛰는 성촌의 아가씨네들
널은 사랑의 버릇이라오.

접동새

접동
접동
아우래비[50] 접동

진두강 가람가에 살던 누나는
진두강 앞 마을에
와서 웁니다.

옛날 우리나라
먼 뒤쪽의
진두강 가람가에 살던 누나는
의붓어미 시샘에 죽었습니다

누나라고 불러 보랴
오오 불설워[51]
시샘에 몸이 죽은 우리 누나는
죽어서 접동새가 되었습니다.

---

50. 아홉 오래비.
51. 너무나 서러워.

아홉이나 남아 되는 오랩[52]동생을
죽어서도 못잊어 차마 못잊어
야삼경[53] 다 자는 밤이 깊으면
이 산 저 산 옮아가며 슬피 웁니다.

52. 오래비, 오라버니.
53. 한밤중.

집 생각

산에나 올라서서
바다를 보라.
사면四面에 백열 리, 창파 중에
객선만 둥둥…… 떠나간다.

명산대찰이 그 어디메냐
향안[54]香案, 향합[55]香盒, 대그릇에,
석양이 산머리 넘어가고
사면에 백열 리, 물소리라

『젊어서 꽃 같은 오늘날로
금의錦衣로 환고향還故鄕하옵소서.』
객선만 둥둥… 떠나간다
사면에 백열 리, 나 어찌 갈까

까투리도 산 속에 새끼치고
타관만리에 와 있노라고
산 중만 바라보며 목메인다.
눈물이 앞을 가리운다고

---

54. 향로를 올려놓는 상.
55. 향을 담는 작은 그릇.

들에나 내려오면
쳐다 보라
해님과 달님이 넘나든 고개
구름만 첩첩… 떠돌아간다.

산유화

산에는 꽃 피네
꽃이 피네
갈 봄 여름 없이
꽃이 피네.

산에
산에
피는 꽃은
저만치 혼자서 피어 있네.

산에서 우는 작은 새여
꽃이 좋아
산에서
사노라네.

산에는 꽃 지네
꽃이 지네
갈 봄 여름 없이
꽃이 지네.

꽃촉燭불 켜는 밤

꽃 촉 불 켜는 밤, 깊은 골방에 만나라.
아직 젊어 모를 몸, 그래도 그들은
해 달 같이 밝은 맘, 저저마다[56] 있노라.
그러나 사랑은 한두 번만 아니라, 그들은 모르고.

꽃 촉 불 켜는 밤, 어스레한 창 아래 만나라.
아직 앞길 모를 몸, 그래도 그들은
솔대 같이 굳은 맘, 저저마다 있노라.
그러나 세상은, 눈물날 일 많아라, 그들은 모르고.

---

56. '저마다'를 강조하는 말.

부귀공명

거울 들어 마주 온 내 얼굴을
좀더 미리부터 알았던들!
늙는 날 죽는 날을
사람은 다 모르고 사는 탓에,
오오 오직 이것이 참이라면,
그러나 내 세상이 어디인지?
지금부터 두 여덟 좋은 연광[57]^{年光}
다시 와서 네게도 있을 말로
전보다 좀더 전보다 좀더
살음직이 살는지 모르련만.
거울 들어 마주 온 내 얼굴을
좀더 미리부터 알았던들!

---

57. 광음, 세월.

추회追悔

나쁜 일까지라도 생의 노력,
그 사람은 선사善事도 하였어라
그러나 그것도 허사라고!
나 역시 알지마는, 우리들은
끝끝내 고개를 넘고 넘어
짐 싣고 닫던 말도 순막집의
허청58가 석양 손에
고요히 조으는 한때는 다 있나니,
고요히 조으는 한때는 다 있나니.

---

58. 헛간으로 쓰는 별채.

무신無信

그대가 돌이켜 물을 줄도 내가 아노라,
무엇이 무신함이 있더냐? 하고,
그러나 무엇하랴 오늘날은
야속히도 당장에 우리 눈으로
볼 수 없는 그것을, 물과 같이
흘러가서 없어진 맘이라고 하면.

검은 구름은 메기슭에서 어정거리며,
애처롭게도 우는 산의 사슴이
내 품에 속속들이 붙안기는 듯.
그러나 밀물도 쎄이고 밤은 어두워
닻 주었던 자리는 알 길이 없어라.
시정의 홍정 일은
외상으로 주고받기도 하건마는.

꿈길

물구슬의 봄 새벽 아득한 길
하늘이며 들 사이에 넓은 숲
젖은 향기 불긋한 잎 위의 길
실그물의 바람 비처 젖은 숲
나는 걸어가노라 이러한 길
밤저녁의 그늘진 그대의 꿈
흔들리는 다리 위 무지개 길
바람조차 가을 봄 걷히는 꿈

사노라면 사람은 죽는 것을

하루라도 몇 번씩 내 생각은
내가 무엇하려고 살려는지?
모르고 살았노라, 그런 말로
그러나 흐르는 저 냇물이
흘러가서 바다로 든댈진댄.
일로조차 그러면, 이 내 몸은
애쓴다고는 말부터 잊으리라.
사노라면 사람은 죽는 것을
그러나, 다시 내 몸,
봄빛의 불붙는 사태흙에
집짓는 저 개아미
나도 살려 하노라, 그와 같이
사는 날 그날까지
살음에 즐거워서,
사는 것이 사람의 본뜻이면
오오 그러면 내 몸에는
다시는 애쓸 일도 더 없어라
사노라면 사람은 죽는 것을.

하다 못해 죽어 달려가 올라

아주 나는 바랄 것 더 없노라
빛이랴 허공이랴,
소리만 남은 내 노래를
바람에나 띄워서 보낼밖에.
하다못해 죽어 달려가 올라
좀더 높은 데서나 보았으면!

한세상 다 살아도
살은 뒤 없을 것을,
내가 다 아노라 지금까지
살아서 이만큼 자랐으니.
예전에 지나 본 모든 일을
살았다고 이를 수 있을진댄!

물가의 닳아져 널린 굴꺼풀에
붉은 가시덤불 뻗어 늙고
어득어득 저문 날을
비바람에 울지는 돌무더기
하다못해 죽어 달려가 올라
밤의 고요한 때라도 지켰으면!

희망

날은 저물고 눈이 나려라
낯 설은 물가으로 내가 왔을 때
산 속의 올빼미 울고 울며
떨어진 잎들은 눈 아래로 깔려라.

아아 숙살肅殺[59]스러운 풍경이여
지혜의 눈물을 내가 얻을 때!
이제금 알기는 알았건마는!
이 세상 모든 것을
한갓 아름다운 눈어림의
그림자뿐인 줄을.

이울어[60] 향기 깊은 가을밤에
우무주러진 나무 그림자
바람과 비가 우는 낙엽 위에.

전망

부영한 하늘, 날도 채 밝지 않았는데,
흰눈이 우멍구멍 쌓인 새벽,
저 남南편 물가 위에
이상한 구름은 층층대 떠올라라.

마을 아기는
무리 지어 서제로 올라들 가고,
시집살이하는 젊은이들은
가끔가끔 우물길 나들어라.

소삭蕭索[61]한 난간 위를 거닐으며
내가 볼 때 온 아침, 내 가슴의,
좁혀 옮긴 그림장이 한 옆을,
한갓 더운 눈물로 어룽지게.

어깨 위에 총 매인 사냥바치
반백의 머리털에 바람 불며

한번 달음박질. 올 길 다 왔어라.
흰눈이 만산편야에 쌓인 아침.

---

61. 오래 써서 거의 닳아 없어짐.

나는 세상모르고 살았노라

가고 오지 못한다는 말을
철없던 내 귀로 들었노라.
만수산을 나서서
옛날에 갈라선 그 내 님도
오늘날 뵈올 수 있었으면.

나는 세상 모르고 살았노라,
고락에 겨운 입술로는
같은 말도 조금 더 영리하게
말하게도 지금은 되었건만.
오히려 세상 모르고 살았으면!

돌아서면 무심타는 말이
그 무슨 뜻인 줄을 알았스랴.
제석산 붙는 불은 옛날에 갈라선 그 내 님의
무덤에 풀이라도 태웠으면!

4

엄마야 누나야

금잔디

잔디
잔디
금잔디
심심산천에 붙은 불은
가신 임 무덤가에 금잔디
봄이 왔네, 봄빛이 왔네.
버드나무 끝에도 실가지에
봄빛이 왔네, 봄날이 왔네.
심심산천에도 금잔디에.

강촌

날 저물고 돋는 달에
흰 물은 쏼쏼…
금모래 반짝…
청노새 몰고 가는 낭군!
여기는 강촌
강촌에 내 몸은 홀로 사네.
말하자면, 나도 나도
늦은 봄 오늘이 다 진盡토록
백년처권[62]百年妻眷을 울고 가네.
길쎄[63] 저문 나는 선비,
당신은 강촌에 홀로된 몸.

---

62. 아내와 내 친족.
63. '글쎄'의 평안도 방언.

첫 치마

봄은 가나니 저문 날에,
꽃은 지나니 저문 봄에,
속없이 우나니 지는 꽃을,
속없이 느끼나니 가는 봄을.
꽃 지고 잎진 가지를 잡고
미친 듯 우나니, 집난이[64]는
해 다 지고 저문 봄에
허리에도 감은 첫 치마를
눈물로 함빡히 쥐어짜며
속없이 우노나 지는 꽃을,
속없이 느끼노라 가는 봄을.

---

64. 시집간 딸.

달맞이

정월 대보름날 달맞이,
달맞이 달마중을, 가자고!
새라 새 옷은 갈아입고도
가슴엔 묵은 설움 그대로,
달맞이 달마중을, 가자고!
달마중 가자고 이웃집들!
산 위에 수면에 달 솟을 때,
돌아들 가자고, 이웃집들!
모작별[65] 삼성이 떨어질 때.
달맞이 달마중을 가자고!
다니던 옛동무 무덤가에
정월 대보름날 달맞이!

---

65. 초저녁 서쪽 하늘의 금성, 또는 샛별.

닭은 꼬꾸요

닭은 꼬꾸요, 꼬꾸요 울 제,
헛잡으니 두 팔은 밀려났네.
애도 타리만치 기나긴 밤은…
꿈 깨친 뒤엔 감도록 잠 아니 오네.

위에는 청초 언덕, 곳은 깁섬[66],
엊저녁 대인 남포 뱃간.
몸을 잡고 뒤재며 누웠으면
솜솜하게도[67] 감도록 그리워 오네.

아무리 보아도
밝은 등불, 어스렷한데.
감으면 눈 속엔 흰 모래밭,
모래에 어린 안개는 물위에 슬 제

대동강 뱃나루에 해 돋아 오네.

---

66. 평양 대동강의 능라도.
67. 눈에 보이듯 또렷하게도.

엄마야 누나야

엄마야 누나야, 강변 살자.
뜰에는 반짝이는 금모래 빛
뒷문 밖에는 갈잎의 노래
엄마야 누나야, 강변 살자.

가는 봄 삼월

가는 봄 삼월 삼월은 삼질[68]
강남 제비도 안 잊고 왔는데.
아무렴은요
섧게 이 때는
못 잊어 그리워.
잊으시기야 했으랴, 하마 어느새
님 부르는 꾀꼬리 소리.
울고 싶은 바람은 점도록[69] 부는데
설리도 이 때는
가는 봄 삼월 삼월은 삼질.

---

68. 삼짇날, 음력 3월 초사흘.
69. 미안한 마음이 들도록.

가막덤불

산에 가시나무
가막덤불은
덤불덤불 산마루로
벋어 올랐소.

산에는 가려해도
가지 못하고
바로 말로
집도 있는 내 몸이라오.

길에는 혼잣몸의
홑옷 자락은
하룻밤 눈물에는
젖기도 했소.

산에는 가시나무
가막덤불은
덤불덤불 산마루로
벋어 올랐소.

가을

물은 희고 길구나, 하늘보다도.
구름은 붉구나, 해보다도.
서럽다, 높아 가는 긴 들 끝에
나는 떠돌며 울며 생각한다, 그대를.

그늘 깊이 오르는 발 앞으로
끝없이 나아가는 길은 앞으로.
키 높은 나무 아래로, 물 마을은
성긋한 가지가지 새로 떠오른다.

그 누가 온다고 한 언약도 없건마는!
기다려 볼 사람도 없건마는!
나는 오히려 못 물가를 싸고 떠돈다.
그 못물로는 놀이 잦을 때.

거친 풀 흐트러진 모래동으로

거친 풀 흐트러진 모래동으로
말없이 걸어가며 노래는 청령[70],

들꽃 풀 보드라운 향기 맡으면
어린 적 놀던 동무 새 그리운 맘

길다란 쑥대 끝을 삼각에 메워
거미줄 감아들고 청령을 쫓던,

늘 함께 이 동 위에 이 풀숲에서
놀던 그 동무들은 어디로 갔노!

어린 적 내 놀이터 이 동마루[71]는
지금 내 흩어진 벗생각의 나라.

먼 바다 바라보며 우득히 서서
나 지금 청령 따라 왜 가지 않노.

---

70. 잠자리.
71. 돌이나 흙 따위로 쌓은 작은 언덕.

건강한 잠

상냥한 태양이 씻은듯한 얼굴로
산속의 고요한 거리 위를 쏜다.
봄 아침 자리에서 갓 일어난 몸에
홑것을 걸치고 들에 나가 거닐면
산뜻이 살에 숨는 바람이 좋기도 하다.
뽀죽뽀죽한 풀 엄을
밟는가봐, 저어
발도 사분히 가려 놓을 때
과거의 십 년 기억은 머리 속에 선명하고
오늘날의 보람 많은 계획이 확실히 선다.
마음과 몸이 아울러 유쾌한 간밤의 잠이여.

고독

설움의 바닷가의
모래밭이라
침묵의 하루 해만 또 저물었네.

탄식의 바닷가의
모래밭이니
꼭 같은 열두 시만 늘 저무누나.

바잽의 모래밭에 돋는 봄풀은
매일 붓는 범불에 터도 나타나
설움의 바닷가의
모래밭은요
봄 와도 봄 온줄을 모른다더라.

이즘의 바닷가의 모래밭이면
오늘도 지는 해니 어서 져다오.

아쉬움의 바닷가 모래밭이니
뚝 씻는 물소리가 들려나다오.

고적한 날

당신 님의 편지를
받은 그날로
서러운 풍설이 돌았습니다.

물에 던져달라고 하신 그 뜻은
언제나 꿈꾸며 생각하라는
그 말씀인 줄 압니다.

흘려 쓰신 글씨나마
언문 글자로
눈물이라고 적어 보내셨지요.

물에 던져달라고 하신 그 뜻은
뜨거운 눈물 방울방울 흘리며,
마음 곱게 읽어달라는 말씀이지요.

고향

짐승은 모르나니 고향이나마
사람은 못 잊는 것 고향입니다.
생시에는 생각도 아니하던 것
잠들면 어느덧 고향입니다.

조상님 뼈 가서 묻힌 곳이라
송아지 동무들과 놀던 곳이라
그래서 그런지도 모르지마는
아, 꿈에서는 항상 고향입니다.

봄이면 곳곳이 산새 소리
진달래 화초 만발하고
가을이면 골짜구니 물드는 단풍
흐르는 샘물 위에 떠내린다.

바라보면 하늘과 바닷물과
차 차 차 마주 붙어 가는 곳에
고기잡이 배 돛 그림자
어기엇차 디엇차 소리 들리는 듯.

떠도는 몸이거든
고향이 탓이 되어
부모님 기억, 동생들 생각
꿈에라도 항상 그곳서 뵈옵니다.

고향이 마음속에 있습니까
마음속에 고향도 있습니다.
제 넋이 고향에 있습니까
고향에도 제 넋이 있습니다.

물결에 떠내려 간 부평줄기
자리잡을 새도 없네
제 자리로 돌아갈 날 있으랴마는
괴로운 바다 이 세상의 사람인지라 돌아가리

고향을 잊었노라 하는 사람들
나를 버린 고향이라 하는 사람들
죽어서만 천애일방[72] 헤매지 말고
넋이라도 있거들랑 고향으로 네 가거라.

---

72. 하늘의 끝, 아득하게 멀리 떨어진 낯선 곳.

공원의 밤

백양가지에 우는 접동은 깊은 밤의 못물에
어렷하기도 하며 아득하기도 하여라.
어둡게 또는 소리없이 가늘게
줄줄의 버드나무에서는 비가 쌓일 때.

푸른 하늘은 고요히 내려 갈리던 그 보드러운 눈결!
이제, 검은 내는 떠돌아오라 비구름이 되어라.
아아 나는 우노라 그 옛적의 내 사람!

낭인의 봄

휘둘리 산을 넘고, 굽어진 물을 건너,
푸른 풀 붉은 꽃에 길 걷기 시름이여.

잎 누른 시닥나무, 철 이른 푸른 버들,
해 벌써 석양인데 불긋는 바람이여.

골짜기 이는 연기 뫼 틈에 잠기는데,
산마루 도는 손의 슬지는 그림자여.

산길가의 외론 주막, 에이그 쓸쓸한데.
먼저 든 짐장사의 곤한 말 한 소리여.

지는 해 그림지니, 오늘은 어데까지,
어둔 뒤 아무데나, 가다가 묵을레라.

풀숲에 물김 뜨고, 달빛에 새 노래는,
고운 밤 야반에도 내 사람 생각이여.

기분전환

땀, 땀, 여름볕에 땀 흘리며
호미 들고 밭고랑 타고 있어도,
어디선지 종달새 울어만 온다,
헌출한[73] 하늘이 보입니다요, 보입니다요.

사랑, 사랑, 사랑에, 어스름을 맞은 님
오나 오나 하면서, 젊은 밤을 한소시 조바심할 때,
밟고 섰는 다리 아래 흐르는 강물!
강물에 새벽빛이 어립니다요, 어립니다요.

---

73. 보기 좋을 정도로 적당히 큰.

흘러가는 물이라 맘이 물이면

옛날에 곱던 그대 나를 향하여
귀엽은 그 잘못을 이르렀느냐.
모두 다 지어 묻은 나의 지금은
그대를 불신不信 망정 다 잊었노라.
흘러가는 물이라 맘이 물이면
당연히 이미 잊고 바렸을러라.
그러나 그 당시에 나는 얼마나
앉았다 일어섰다 설워 울었노
그 연갑年甲의 젊은이 길에 어려도
뜬눈으로 새벽을 잠에 달려도
남들은 좋은 운수 가끔 볼 때도
얼없이[74] 오다 가다 멈칫 섰어도.
자네의 차부[75] 없는 복도 빌며
덧없는 삶이라 쓴 세상이라
슬퍼도 하였지만 맘이 물이라
저절로 차츰 잊고 말았었노라.

---

74. 정신없이.
75. '채비'의 평안도 방언.

바닷가의 밤

한줌만 가느다란 좋은 허리는
품 안에 차츰차츰 졸아들 때는
지새는 겨울 새벽 춥게 든 잠이
어렴풋 깨일 때다 둘도 다 같이
사랑의 말로 못할 깊은 불안에
또 한 끝 후줄군한 옅은 몽상에
바람은 쌔우친다 때에 바닷가
무서운 물소리는 잦 일어온다.
엉킨 여덟 팔다리 걷어 채우며
산뜩히 서려오는 머리칼이여.

사랑은 달콤하지 쓰고도 맵지
햇가는 쓸쓸하고 밤은 어둡지
한밤의 만난 우리 다 마찬가지
너는 꿈의 어머니 나는 아버지
일시 일시 만났다 나뉘어 가는
곳 없는 몸 되기도 서로 같거든
아아아 허수롭다 살음은 말로.
아, 이봐 그만 일자 창이 희었다.
슬픈 날은 도적같이 달려들었다.

기회

강 위에 다리는 놓였던 것을!
건너가지 않고서 바재는[76] 동안
때의 거친 물결은 볼 새도 없이
다리를 무너치고 흘렀습니다.

먼저 건넌 당신이 어서 오라고
그만큼 부르실 때 왜 못 갔던가!
당신과 나는 그만 이편 저편서,
때때로 울며 바랄 뿐입니다려.

---

76. 짧은 거리를 오가며 머뭇거리는.

나무리벌 노래

신재령에도 나무리벌[77]
물도 많고
땅 좋은 곳
만주 봉천은 못 살 고장

왜 왔느냐
왜 왔느냐
자곡자곡이 피땀이라
고향산천이 어디메냐

황해도
신재령
나무리벌
두 몸이 김매며 살았지요

올 벼 논에 닿은 물은
출렁출렁
벼 자랐나
신재령에도 나무리벌

---

77. 황해도 재령평야.

등불과 마주 앉았으려면

적적히
다만 밝은 등불과 마주 앉았으려면
아무 생각도 없이 그저 울고만 싶습니다.
왜 그런지야 알 사람이 없겠습니다마는,

어두운 밤에 홀로히 누웠으려면
아무 생각도 없이 그저 울고만 싶습니다.
왜 그런지야 알 사람이 없겠습니다마는,
탓을 하자면 무엇이라 말할 수는 있겠습니다마는.

박넝쿨 타령

박넝쿨이 에헤이요 뻗을 적만 같아선
온 세상을 얼사쿠나 다뒤덮을 것 같더니
하드니만 에헤이요 에헤이요 에헤야
초가집 삼문을 못 덮었네, 에헤이요 못 덮었네.

복송아꽃이 에헤이요 피일 적만 같아선
봄 동산을 얼사쿠나 도맡아 놀 것 같더니
하드니만 에헤이요 에헤이요 에헤야
나비 한마리도 못 붙잡데, 에헤이요 못 붙잡데.

박넝쿨이 에헤이요 뻗을 적만 같아선
가을 올 줄을 얼사쿠나 아는 이가 적드니
얼사쿠나 에헤이요 하룻밤 서리에 에헤이요
잎도 줄기도 노그라 붙은 둥근 박만 달렸네.

세모감歲暮感

금년도 한 해는 어디 갔노
두는 데 없건만 가는 세월

온다는 새해는 어디 오노
값없이 덧없이 나이 한 살.

걷는 길 같으면 돌아가리,
걸을 길 같으면 쉬어가리,

깨었을 말로는 자도보리,
꿈이라고 하면 깨어보리,

모르는 글자는 아니지만
감았던 마음만 이즈러지네.

못 먹는 술이나 아니언만
간다사 원마다 술값 있네.

옷과 밥과 자유

공중에 떠다니는
저기 저 새여
네 몸에는 털 있고 깃이 있지.

밭에는 밭곡식
논에는 물벼
눌하게 익어서 수그러졌네.

초산楚山 지나 적유령
넘어선다.
짐 실은 저 나귀는 너 왜 넘니?

자전거

밤에는 밤마다
자리를 펴고
누워서 당신을 그리워하고.

잘근잘근 이불깃
깨물어 가며
누워서 당신을 그리워하고.

다 말고 후닥닥
떨치고 나자
금시로[78] 가보고 말 노릇이지.

가보고 말아도 좋으련만
여보 당신도 생각을 하우
가자 가자 못 가는 몸이라우.

내일 모레는
일요일
일요일은 노는 날.

---

78. 지금 당장.

노는 날 닥치면
두루 두루루
자전거 타고서 가리다.

뒷산의 솔숲에
우는 새도
당신의 집 뒷문 새라지요.

새소리 뻐꾹
뻐꾹 뻐꾹
여기서 뻐꾹 저기서 뻐꾹.

낮에는 갔다가
밤에는 와 울면
당신이 날 그리는 소리라지요.

내일 모레는 일요일
두루두루 두루루
자전거 타고서 가리다.

절제

튼튼한 몸이라고 몹시 쓸 줄 또 있으랴
쓸레야 안 쓰랴만 부질없이 안 쓸 것이
늘 써야 하는 이 몸이 한평생인가 합니다.

물보다 무흠튼[79] 몸 진흙 외려 탓이 없다.
불보다 밝는지 해거멍만도 못하여라
바람같이 활발턴 기개 망두석[80] 부끄러 합니다.

자는 잠, 잠 아니라 귀신 사람 그새외다,
먹는 밥, 밤 아니라 흙을 씹는 맛이외다,
게다가 하는 생각이라고 먹물인 듯합니다.

죽자면 모르지만 명 아닌데 죽을 것가
살자면 사는 동안 몸부터 튼튼코야
튼튼치 못한 몸을 튼튼히 쓰랴 합니다.

질기다면 질긴 것이 사람 몸엔 위 없으리.
하다가 마구 쓰면 질긴 것은 어디 있노
하여튼 방금에 괴로운 몸을 서러합니다.

___

79. 흠이 없는.
80. 무덤 앞 양쪽에 세우는 한 쌍의 돌기둥.

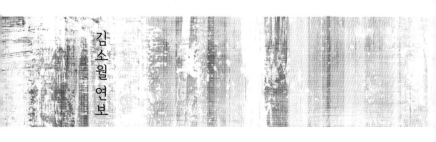

1902년	본명은정식(廷湜). 평북 정주 외가에서 부친 김성도와 모친 장경숙 사이의 장남으로 출생.
1905년	부친이 철도를 부설하던 일본인들에게 폭행을 당하는 사건이 발생함. 이 사건으로 광산업을 하던 할아버지의 훈도를 받고 성장.
1909년	남산 소학교에 입학. 머리가 총명하여 신동이라 불렸으며 이미 글쓰기에 능숙했다는 평가를 받음
1915년	남산 소학교를 졸업하고 3년 정도 고향에 머뭄.
1916년	할아버지의 지시로 홍단실과 결혼. (연보에 따라서는 1917년에 결혼한 것으로 기록하기도 함)
1917년	오산학교 중학부에 입학. 남강 이승훈이 설립한 이 학교의 교장은 조만식이었으며, 그 영향으로 민족 의식에 눈뜸. 스승 안서를 만나 본격적인 문학수업을 받음. 초기 시 중 상당수는 오산학교 시절에 창작된 것이는 것이 정설

1919년	3.1 운동이 발발하자 이에 적극 참여함. 3.1운동의 여파로 오산학교가 일시 폐교되어 학업을 중단.
1920년	'낭인의 봄' 야의 우적', '그리워'(창조 2호)로 문단에 데뷔. '먼 후일', '만나려는 심사'(학생계, 7월호)
1922년	배재고등보통학교 5학년에 편입. '금잔디', '엄마야 누나야', '밤 제물포에서', '새벽', '진달래꽃', '개여울', '강촌', '먼 후일', '님과 벗' 소설 '함박눈'
1923년	배재고등보통학교 졸업. 동경상대에 유학하기 위해 도일하지만 관동대지진으로 일시 귀국함. 학업을 중단한 채 서울에 머물면서 안서, 나도향과 교류. 김동인, 임장화 등과 함께 「영대靈臺」동인으로 활동. 시 '님의 노래', '옛이야기', '못잊도록 생각나겠지요', '예전엔 미처 몰랐어요', '해가 산마루에 저물어도', '자나깨나 앉으나서나'
1924년	동아일보 지국 개설을 약속받고 귀향. 처가인 구성군 서산면 평지동으로 이사, 장남 준호 출생. '밭고랑 위에서', '생과 사', '나무리벌 노래', '이요'

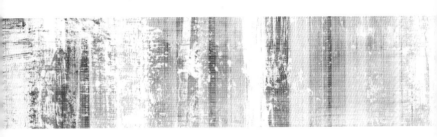

1925년	시집 「진달래꽃」(매문사) 간행. '옷과 밥과 자유', '남의 나라땅', '천리만리', '꽃촛불 켜는 밤', '옛님을 따라가다가 꿈깨어 탄식함이라', '물마름', '들도리' 시론 '시혼'(『개벽』5호)
1927년	나도향의 요절로 충격을 받고 시작(詩作) 중단. 땅을 팔아 운영한 동아일보 지국 경영 실패. '팔벼개 노래'
1934년	정주 곽산에서 부인과 함께 취하도록 술을 마신 이튿날 음독 자살한 모습으로 발견. '생과 돈과 사', '돈타령' '고락', '삼수갑산' '건강한 잠', '상쾌한 아침' 1939년에 「여성」지에 '박넝쿨타령'(6월호), '술'(7월호), '술과 밥'(11월호)이 발표됨.
1981년	예술부분 최고 훈장인 대한민국 금관문화훈장 추서

김소월 시집

초판 1쇄 발행 2019년 10월 25일

지 은 이   김소월
펴 낸 이   안희숙
펴 낸 곳   밀리언셀러
등록일자   2009년 7월 30일
등록번호   제2009-12호
주   소   서울특별시 마포구 성산로2길 63 (태남빌딩 202호)
전   화   010-9229-1342
팩   스   070-8959-1342

ISBN   979-11-85046-22-8   03810

※ 잘못 만들어진 책은 구입처나 본사에서 교환해 드립니다.